234

Obras do autor

234
33 contos escolhidos
A faca no coração
A polaquinha
A trombeta do anjo vingador
Abismo de rosas
Ah, é?
Arara bêbada
Capitu sou eu
Cemitério de elefantes
Chorinho brejeiro
Contos eróticos
Crimes de paixão
Desastres de amor
Desgracida
Dinorá
Em busca de Curitiba perdida
Essas malditas mulheres
Guerra conjugal
Lincha tarado
Macho não ganha flor
Meu querido assassino
Mistérios de Curitiba
Morte na praça
Nem te conto, João
Novelas nada exemplares
Novos contos eróticos
O anão e a ninfeta
O maníaco do olho verde
O pássaro de cinco asas
O rei da terra
O vampiro de Curitiba
Pão e sangue
Pico na veia
Rita Ritinha Ritona
Violetas e Pavões
Virgem louca, loucos beijos

Dalton Trevisan

234
ministórias
3ª edição

Editora Record
RIO DE JANEIRO • SÃO PAULO
2013

CIP-BRASIL. CATALAGAÇÃO NA FONTE
SINDICATO NACIONAL DOS EDITORES DE LIVROS, RJ.

Trevisan, Dalton, 1925-
T739d   234 / Dalton Trevisan. – 3ª ed. – Rio de Janeiro: Record, 2013
3ª ed.

ISBN 978-85-01-04873-8

1. Conto brasileiro. I. Título.

CDD – 869.93
97-0286   CDU – 869.0(81)-3

Copyright © 1997 by Dalton Trevisan

Capa sobre desenho de George Grosz
Ilustrações com detalhes do desenho.

Texto revisado segundo o novo Acordo Ortográfico da Língua Portuguesa.

Direitos exclusivos desta edição reservados pela
EDITORA RECORD LTDA.
Rua Argentina 171 – Rio de Janeiro, RJ – 20921-380 – Tel.: 2585-2000

Impresso no Brasil

ISBN 978-85-01-04873-8

Seja um leitor preferencial Record.
Cadastre-se e receba informações sobre nossos
lançamentos e nossas promoções.

EDITORA AFILIADA

Atendimento e venda direta ao leitor:
mdireto@record.com.br ou (21)2585-2002.

1

O nenê chora e a mãe liga o rádio bem alto.
— Qual dos dois cansa primeiro?

2

O Senhor conhece um tipo azarado? Esse sou eu. Em janeiro bati o carro, não tinha seguro. Depois roubam o toca-fitas, nem era meu. Vendi os bancos para um colega e recebo só a metade. Em março, despedido da firma onde trabalhei sete anos. Empresto o último dinheirinho a outro amigo, que não me paga. Vou a um bailão, não danço e acabo apanhando.

3

O marido com dores e a mulher liga o rádio a todo o volume.

— Quero ver quem grita mais alto.

4

Comprei um carro velho, atraso as prestações, o dono toma de volta. Monto uma banquinha, o negócio não dá certo. Sabe o que é um cobrador de vermelho sentado à tua porta? Passo o ponto com prejuízo e vou à luta por um emprego. Preencho mil fichas, a resposta uma só: ganhava bem, não posso ter o salário reduzido. Domingo no parque, dois pivetões me assaltam. Fico sem o tênis, o relógio, o boné do meu time, eterno perdedor.

5

A velhinha geme e o velho liga o rádio bem alto.
— Se é o fim, desgracida, rebenta duma vez.

6

Era pouco ao Senhor? Estou com os dentes ruins, a vista fraca, acho que é diabete. Mais que converse com a mãe, visite a irmã, divirta os sobrinhos, faça um biscate, me sinto cansado de viver. Noivei com a Maria que ontem me contou ser a outra de um fulano casado.

Ó Deus, de que lado está o Senhor? Sozinho em casa, fiz a barba, tomei banho, vesti a jaqueta cinza, a gravata azul de bolinha. Lá vou eu de viagem: elegante, em flor, na ponta de uma corda. Perdão, mãe. Adeus, pessoal. Desta vez, Senhor, tem dó de mim.

7

O melhor conto você escreve com tua mão torta, teu olho vesgo, teu coração danado.

8

Fundo da noite acordo, uma faca no pescoço. "Grite... e está morta!" A boca molhada na máscara de meia. São dois. Catinga de suor, bebida, droga. Eles reviram o quarto, querem dinheiro e joia. "Pelo amor de Deus, levem tudo", eu imploro, "só não façam mal." Não acham quase nada. Já estão de saída, um deles muda de ideia. Me pega pelo braço: "Vai ser minha mulher." E para o outro: "O segundão é você."

9

Ah, se o peixe gritasse, quem se atreveria a pescar?

10

Daí fecha a porta, se livra da meia na cabeça. Loiro, uns trinta anos. "Não olha minha cara." Faca na mão, me força ao que bem quer. "Pô, três meses sem mulher." Me agarro à vida, acabar logo com aquilo. Mas ele não gostou. "Uma droga de puta." Chama o parceiro: "Sirva-se." Vão embora quando clareia o dia. Então choro, choro. Camisola e roupa de cama enfio na máquina de lavar. Tomo banho demorado — um grande sapo branco mordendo a tua nuca.

11

Bate a sineta da chuva em cada lata vazia.

12

Choro todas as lágrimas. Não posso deixar que um bandido estrague minha vida. Meus pais não sabem até hoje. Outro banho. Pro namorado eu conto, só que ele some. Dez dias faz que aconteceu. Vou ao médico, pede exame. Deus meu, grávida, doente, pesteada? Mais um banho. Já não lembro da história inteira, apaguei alguns pedaços. Só não esqueço o meu ódio daquele maldito. Banho.

13

Ao ver o pacote de bala azedinha na mão da mulher:
— Assim não há dinheiro que chegue.
E um pontapé no traseiro do piá de três aninhos.

14

Maria e seus sete irmãos. Ela e os dois mais velhos, altões e fortudos. Do quinto em diante, já viu, todos nanicos. Maria, Janjão e Carlão, uns brutamontes. Desde o Toniquinho, assim pequeninos. Até os dez anos, usam vestido de chita: bolinha azul (eles) e rosa (elas). Não enjeitam serviço, umas formiguinhas com chapéu de palha. Bem proporcionados, sem corcunda nem cabeção. *Senta, Bortolinho* — os pés lá em cima, um tamanquinho cai e já não o alcança. Tão lindinhos, vontade de embalar um por um no colo.

15

Agulhas brancas ligeirinhas costuram o ar. Chove.

16

Meigos, humildes, voz em falsete. Cabelinho repartido de lado. Barbicha rala. Ai, mãos calejadas de lavradores. Viúvo, o pai não tem dó: cedinho no escuro, os nossos heróis nanicos, lá na roça. A carinha enrugada, tamanquinho, chapeuzinho, pegam na enxada e na foice. A guiar o carroção, sacodem-se no banco. Gritinhos para os cavalões. Estalam forte o chicote.

Entre os cinco, duas anãzinhas. Mirradinhas. Mais feinhas com os vestidos arrastando no chão.

17

A chuva engorda o barro e dá de beber aos mortos.

18

Morre o pai e deixa o mínimo para repartir. Casados os três maiores. Não os nanicos, numa casinha só deles. Aos pulinhos para subir os dois degraus da entrada. Boca do dia, lá estão ciscando na pequena roça.

Epa, o mais baixinho casa com a sua noivinha. Uma festança o domingo inteiro: o nosso herói canta, bebe, chora. Na primeira noite, da anãzinha ele rebenta as trompas, sem dó.

19

— *Arre, que eu rasgo esta criança pelo meio!*
— *Tem dó, João.*
— *Ah, não para de chorar?*
E mais pinga na boca do anjinho.

20

Toda família feliz é igual: bom emprego, boa mulher, um par de filhos. Daí morre o sogro. E, sem amparo, a viúva e a caçula vêm para cá. Minha perdição: loirinha, quinze aninhos, já viu? Muito religiosa, nunca namorou. A velha, essa ouvia vozes e tinha visões. No terreiro de macumba recebia passes.

E pai de santo eu não sou? No transe incorporo a entidade Zé Pelintra. Em nome dos espíritos: se a filha não deitar com o orixá, as forças do mal se voltam contra a velha. A menina quer a boa saúde da mãe, não quer?

21

Ele abre o portão. A paz familiar de cocô do Topinho na grama do jardim.

22

Ela chora um pouquinho. Bem que violento, o Zé Pelintra sabe ser delicado. O ritual se repete algumas semanas, sempre na ausência da mulher, que trabalha de diarista.

Não é que essa desconfia? Diante das três não sou eu. Agora o Preto Velho. Voz grossa e rouca, uma guerra do Zé Pelintra contra a Pomba Gira: o maioral deve deitar com as duas filhas. Mais fortes as vibrações, em perigo a velha de perder a razão.

23

Todinha nua — pessegueiro em flor pipilante de pintassilgo.

24

Convencidas, passo a dormir com as duas irmãs. Cada noite uma delas recebe o exu. A paz de um é inveja de outro — certa vizinha me intriga no distrito. Detido e ameaçado por sedução de menor. Logo as três comparecem e tudo negam. Escândalo a viúva não quer. E, se não trabalho, quem paga as contas?

De novo uma família feliz. Sem saber, eu era mesmo um bruxo. Nunca mais a velha se queixou de vozes ou visões.

25

— *Solteira, casada, viúva: o último bagre no tanque abandonado, é cair uma bolinha de pão, já estou pulando de boca aberta.*

26

Ela desconfia que o marido tem amante. Quase toda semana, uma viagem de negócio. Sai faceiro de malinha: "Só volto amanhã. Ou depois." Queixoso e cansado ele chega. De noite não a procura, encolhido no canto da cama. A prova? Uma carta anônima: "Teu marido tem outra. O nome dela é..." Mais endereço e telefone da tal. Liga de pronto, quem atende? Bem ele, decerto no pijama azul de bolinha. Nem um pio, ela desliga. Ah, é? Se arruma, se pinta e vai até lá. Uma pequena casa de madeira. À espera, atrás de uma árvore. Assobiando, o distinto abria e fechava a maleta. Mais uma viagem? Para a casa da outra, na mesma cidade.

27

Amor, o ingênuo menino que afaga uma cadela raivosa. Ai, não, é mordido. E condenado a viver babando, rangendo os dentes, ganindo para uma lua de sangue.

28

Epa, olha o casal de braço dado que desce os dois degraus. A garota nos seus dezoito anos. Feia? Nem tanto. Ai, não: grávida, uns sete meses. Indignada, mas não se mexe. Furiosa e trêmula, por que não ataca de sombrinha? Sem ser vista, volta chorando para casa. Dia seguinte, mal abre a porta, o nosso herói recebido aos gritos. Baixa a cabeça, reconhece a culpa. Só três pedidos: "Por Deus, não faça escândalo. Dá um tempinho. Não conte aos gêmeos." Culpa não tem a criança que vai nascer. Ela dorme no quarto (duas voltas na chave), ele na sala. Não o olha nem lhe fala. Ele finge nada aconteceu. É demais, tanto cinismo: "Dá um tempinho", já pensou?

29

O velho acorda no meio da noite. O galo cego no peito bicando o milho às tontas.

30

A pobre se rói de ódio. Solidão ou vingança, bem se enfeita e sai toda tarde. A vez dele desconfiar. Descobre tudo (não me pergunte, sei lá), possesso. Ela tem outro, logo quem? Um santo pastor evangélico. Para não agredi-la, murro na mesa e pontapé na parede. Espatifa no chão o elefante vermelho de louça. Daí arruma a célebre malinha. Olha para a mulher: magra, de olheiras, nunca tão bonita. Ah, é? Derruba-a no sofá, ergue o vestido, rasga a calcinha. "Agora é a vez do teu puto Jesus." Bate a porta, o coração pingando grandes gotas de sangue. Amor, ô louco: em todas as viagens, só a ela buscava. Nenhuma das outras. No fim achada e, ai dele, perdida. Ah, o pastor? Você lê os jornais. Sabe o que aconteceu.

31

— *Se eu fui feliz no casamento? Só nos três primeiros dias. Depois aquele inferno que dura até hoje.*

32

Meu pai leva-me à porta do famoso noturno para a cidade grande:
— Cuide-se, meu filho. É um mundo selvagem.
Esse verbo clamante no teu ouvido. Por delicadeza, perdi a minha voz. Ó profetas ó sermões!
— Longe da família, será você contra todos.
Homem não se beija nem abraça, nos apertamos duramente as mãos. Me instalo a uma das janelas, com a vidraça descida. Mais que me esforce, impossível erguê-la. Já não podemos falar. Esse pai dos pais ali na plataforma, mudo e solene. O trem não parte. Fumaça da estação? De repente ei-lo de olhos marejados.

33

A santidade do pai é alcançada pela danação do filho.

34

De repente ei-lo de olhos marejados. E, sem querer, também eu comovido. Diante de mim o feroz tirano da família? Ditador da verdade, dono da palavra final? Primeira vez, em tantos anos, vejo um senhor muito antigo. Pobre velhinho solitário. Merda, o trem não parte. Meu pai saca o relógio do colete, dois giros na corda. Pressuroso, digo que se vá. Doente, não apanhe friagem. E ele sem escutar.

35

Três da manhã. As batidas do Juízo Final na tua porta ou o peixinho vermelho estala o bico lá no aquário?

36

E ele sem escutar. Olha de novo o relógio. Aceno que pode ir, não espere a partida. Quero ver a hora? Exibe o patacão na ponta da corrente dourada. Nosso último encontro, sei lá. E, ainda na despedida, o eterno equívoco entre nós. Maldita vidraça de silêncio a nos separar. Desta vez para sempre.

37

— Desde que nasceu ela chorava muito. Dor de barriga, sei lá. O João não podia dormir e lhe deu uma surra. Tinha quatro meses e daí não voltou a chorar. O pai diz que ela entendeu a lição, agora é obediente. Olha essa menina de seis anos, meu Deus. E nunca mais chorou.

38

Discute com a velha ou é contrariado? Pronto, mais um eterno voto de silêncio. Diabético, sua fraqueza é o camarão. Se a velha lembra o perigo de comer tanto? O bastante para que despeje todinhos no prato, molho e tudo. Do vento encanado ela se queixa. Ah, é? Abre duas portas e três janelas. De manhã, o carreiro de formiguinha em volta do urinol... Daí bom e mansinho: "Ai, Filó, me acuda."

39

— *Que cidade é essa? Nas praças o desfile de estátuas equestres — e nenhum cavaleiro.*

40

A mãe para a nora:
— Com a morte do João, naquele dia você morreu pra mim. Acompanhei o enterro dele e de você. Lá no cemitério foi enterrada no mesmo caixão. Pra mim é morta duas vezes.

41

Desde os sete anos sempre excitado. Toda hora, todas as mulheres. Sonho recorrente: mil calcinhas rasgadas no varal. Viciado em mancha de suor na cava do vestido. Leque fechado. Covinha no joelho redondo. Cabelo na axila de moça. Leque aberto. Nesga de coxa entre a liga vermelha e a... Essa palavra mágica, basta pensá-la: o coraçãozinho bate forte com os dois punhos no peito.

42

— Ai, amor. Ai, não pare.

Irritada com a medalhinha que salta entre os seios, atira-a para as costas. E você merece de relance o triste olhar de Nossa Senhora.

43

Oh, não, calcinha de boneca — enfia dois dedos e flutua um palmo acima do chão. Luva branca. Leque fechado se abrindo. Eterno frestador no buraco da fechadura: ó lindas priminhas. Orra, até a mais feiosa das tias. Maníaco precoce, todo bolso sem fundo. Sua primeira namorada? A moranga de grandes curvas, um olho redondo, outro nem tanto — ai, a boquinha apertada, sob medida. A iniciação com uma galinha branca. Atrai ao porão o gordo peru de Natal.

44

Ela abre uns olhos deste tamanho. Antes de ser engolido, ele insinua-se fácil — pescoço de cisne na água mansinha do lago.

45

Nem dormindo tem sossego. O ligeiro alívio de três minutos. Tenta a famosa fórmula: na boca meia laranja com uma bala azedinha. Agora na cabeça um saco plástico. Os seis dedos da mão esquerda — e você alcança o gozo único. Ah, é? Por um nadinha se livrou de acabar engasgado e sufocado. No futuro, que banhos de sangue, quais crimes hediondos em série... O nosso estripador de calcinhas? Hoje um santíssimo pai de família. Cidadão honorário de Curitiba. Membro coroado da Academia Paranaense de Letras.

46

Domingo, de volta do futebol, ele serve-se de uma cachacinha, liga o rádio.

— Sabe, paizinho?

É o menino de seis anos, todo prosa.

— O quê, meu filho?

— Essa a música que a mãe dança com o tio Lilo.

47

A pior inimiga, toda doçura com a cachorrinha, traz no colo e beija o focinho — só intenção de diminuir o marido. Que volta bêbado para casa:
— Nunca me viu? O que é esse olho ruim?
Lá vai a cadelinha ganindo pela janela. Tão furioso, a vez da moça apanhar.
— Eu surrei, mas não dei com força.
— Puxa, se não foi!
— Tanto não dei, o dente caiu de postiço.

48

O sargento sobre o filho morto havia trinta anos:
— Todo faceiro, o paisano — e bate na testa a mão fechada. — Só um aninho e fazia continência. Até hoje não me conformo.

49

A mulher telefona ao marido três vezes traído:

— Meu bem, devemos conversar.

— Nada de meu bem.

— A situação dos nossos filhos. Como duas pessoas civili...

— Civilizada, você?

— Calma, bem. E a pensão das meninas? O colégio do Júnior?

— Que Júnior? Que pensão?

— Não é justo. Quero...

— Eu quero mais é que você sifu.

E desliga.

50

Aos oitenta anos, tia Zefa entra em coma. Dias, semanas, meses. Cada vez menor, pequeninha assim. Uma tarde, no quarto, conversam o irmão e um filho. De repente, eis que ela abre os olhos:

— Oi, gente. Amanhã é o Natal. Quero três coisas. Coxa de peru. Farofa com passas. Fio de ovos.

O filho pula da cadeira:

— Mãe, a senhora está me conhecendo? Fala comigo, mãe.

51

— *Quando você pula do trampolim, um friozinho na barriga, sente que o corpo se separa da alma — e cai mais depressa que ela. Aos gritos de perdê-la pela boca aberta.*

52

O irmão, todo aflito:

— E eu, mana? Sou o Joca. Lembra de mim?

A velhinha, no último fôlego:

— Amanhã, hein? Não esqueça. Peru. Farofa... Fio... o... o...

Um suspiro fundo. Pisca o olho torto. E comeu você o peru, as passas, o fio de ovos? Nem tia Zefa.

53

— *Nunca me senti tão só, querida, como na tua companhia.*

54

De volta da escola, hora do almoço. Pulando de alegria, sobre o avental o casaquinho vermelho novo. Correndo e rindo pelo atalho do potreiro. Detrás de um matinho surge o mulato descalço. Ela se debate, carrega-a nos braços para a touceira. Ajoelha-se, na mão esquerda prende os pequeninos pulsos. Com a outra fecha-lhe a boca. Quando afasta a mão, arranhando e batendo, ela grita. Mas você acode? Nem eu. Sai bastante sangue. O mulato foge. O casaco novo, ai, sujo e rasgado. Ali sentadinha na grama, sem bulir — umas poucas balas de mel no teu colo.

55

— *Chega de noivo que se apaixona. Só querendo te matar. Ou morrer. Suicidar os dois. Tomara um que não goste de mim.*

56

Na varanda, sustos e abraços, mil beijinhos. Três vezes a guria pergunta se não diz a ninguém. Ele quer saber o que é. O presente dos onze anos, ela diz. Tem de jurar. Tudo que é sagrado. Daí o menino jura, cruz no coração. Ela diz que pode lhe erguer o vestido. Assim ele faz: sem calcinha. E deslumbra-se com belezas que você nunca viu. Os dois de pé na varanda em penumbra. Para o resto da vida.

57

— Os dois irmãos eram os piores inimigos. Bem me lembro no enterro da velhinha. Eles seguravam a alça do caixão — e não se olhavam. Pálidos, mas de fúria. Nem a cruz das almas comoveu os dois. Se odiavam tanto que a finadinha bulia sem parar entre as flores.

58

De repente vejo um garoto e quero pra mim. A cabeça dói, tanto que penso nisso. Igual fizeram comigo quando eu tinha nove anos. Depois que a gente faz, tenho que matar. Aprendi com o pastor: a criança morta vai pro céu. Assim não passa por tudo o que me aconteceu. Na mochila tenho bala, chocolate, cigarro, paçoca e tal. Algum pede dinheiro. A um menino ofereço duas notas. Depois que uso e mato, deixo ao lado o dinheirinho.

59

Os pés descalços do vento estalam nas folhas secas da laranjeira.

60

Tem um, carinha de anjo, perna fina e lisa, o cabelo cacheado. Chamo pra ver um ninho de pintassilva. Depois de tudo, seguro na garganta, aperto. Ele cai, vou em casa, acho um facão. Daí corto o pescoço. Pra que os amiguinhos riam dele no céu. Outro garoto eu afogo. Ele andava perto de um rio. Pergunto se quer ganhar um pedaço de chocolate. Ele quer.

61

Saudade. O aperto da mão de uma sombra na parede.

62

Depois que me sirvo, chamo pra tomar banho. Ele vem, afundo a cabeça na água. Um tempão. Fica bem quieto. E vai direitinho pro céu. Vejo um guri bonito. Pergunto se quer morar na cidade. Diz que sim. Só não pode viajar sozinho. Aí levo pra uma construção. Faço tudo e mando pro céu. Tenho de fazer. Assim eles vão com Deus.

63

A velha cerzindo no ovo de madeira. Toda a casa em silêncio. Ele ouve os furinhos da agulha através da meia.

64

Uns são desconfiados. Não aceitam nada. Do último bato a cabeça numa pedra. Esse eu deixo viver. Fico doidão e tal. Nem é bonito. O tênis não serve. Dou o boné. Ele aceita e dormimos no mato. Daí foge e volta com a polícia. Gostar de alguém, o que me perdeu. Nunca tinham me pegado. Só fiz com eles o que o tio fez comigo. Mais: mandei pro céu. Toda noite eu rezo pra Deus. Ele vai me livrar. Deus leva em conta. Tanto menino bonito não salvei?

65

Xingada aos berros pelo marido até porque descasca a laranja numa serpentina inteira.

66

— Sou piloto veterano. E dos bons. Terceira vez que acontece. Pronto para aterrissar e ali na cabeceira da pista... ó meu Deus! Ali a menininha com uma cesta de flores. Penso em desviar, ela some. O copiloto nem pisca. Só pra mim ela aparece? Como é que o cara pode não ver? Bem ali a menina te oferecendo a cestinha de flores.

67

A solteirona virgem, depois de umas doses de uísque, ao antigo namorado:
— *Por favor, me salva. Livra o meu corpo desse maldito limbo. Dessa terra de ninguém!*

68

Bebedeira e ruindade, João expulsa de casa a família. Ao chegar doidão do boteco, atropela mulher e filhos. Mata um por um se não fugirem. Sempre de faquinha na cinta. Vive em guerra, ninguém sabe por quê. Estavam na cozinha comendo pinhão. Mais o Tito, dia de quebrarem milho na roça. Ele entra de faquinha na mão. Veio matar toda a família. Correm para fora a mulher e as crianças. Ele encara feio o vizinho e ameaça dar um talho. O outro saca o facão: "Epa, diabo. Não me conhece?"

69

— *Sabe com quem eu briguei?*
— *Me conte, anjo.*
— *Com Deus* — *e sacode raivosa o punho mais pequeninho.* — *O que Ele me fez, acha pouco?*

70

"Epa, diabo. Não me conhece?" De costas, sai para o terreiro. João segue atrás. Investe com um golpe traiçoeiro. Tito rebate e acerta de raspão o braço. Cai a faca. João avança furioso, aos berros. Recebe dois, três cortes. Tropeça e vai ao chão. Bem quieto. O outro limpa o facão na cerca. Enrola um cigarro, a sombra do chapéu no rosto. Pronto a chamar o sargento. Antes de sair, para a mulher ao lado do fogão, cercada de filhos: "Vá lá ver teu homem que eu matei."

71

— *Cada dia, meu amor, é mais difícil gostar de você.*

72

— Olha a tua mão furada, velho. Tudo o que pega te escapa. E cai. Todo objeto com vontade própria. De obediente, se faz indócil. Antes oferecido e quieto, foge por entre os dedos. Lá se foi pelo buraco invisível na tua palma. Tocar igual a perder. Da mão à boca o teu comprimido rola no chão. Juntá-lo? Ah, não se atreva. Estala tua pobre carcaça. Toda estremece. Você desmorona. Tartaruga de costas, não se levanta. Braceja e esperneia. Em vão. A outro não dá o teu lugar? Dane-se, velho.

73

— *Soube do João? Tadinho, os dias contados.*
— *Poxa, o que foi?*
— *Não bebia mais que eu ou você. Agora preso em casa. Sem poder andar.*
— *...*
— *Os pés numa bacia, escorrendo água das pernas. Já vazou cinco litros de cada uma.*

74

A filha, revoltada:
— Minha mãe ali no caixão. E o pai, em lágrimas: "Vai, minha querida. Vai, vai... Faz a nossa casinha no céu. Já vou te encontrar." E, no carnaval, cantando, aos pulos com a nova querida, em nossa casinha aqui na terra.

75

— *Ai de tua Curitiba do primeiro mundo da propaganda. Em toda calçada a legião de meninos dormindo, cheirando cola, se trocando. Cada praça, um cemitério de elefantes. Eis o pivete que te assalta o bolso. Um mendigo rastejante puxa o teu pé. Corra, a bicicleta me derruba no passeio. Paro, e o carro te atropela na faixa do pedestre. Com a bênção do maioral que nos promete um trio elétrico e o céu também.*

76

Qual epopeia de altíssimo poeta se compara ao único versinho da primeira namorada:
— Que duuro, João!

77

Véspera de Natal. O encontro de dois velhos amigos da faculdade. Um deles casado, com filhos. O outro solteirão, em visita ao pai viúvo. No bar, entre o cigarro e o uísque, celebram os fantasmas do passado. Onze da noite, no inferninho, assombrados de memórias — ó Valquíria ó Dinorá! Pô, saudade de si mesmos. Evocam o bando alegre de colegas. Menos uma, a única. Arco-íris no vestidinho de musselina branca. Nuvem com unhas vermelhas. O pequeno peitinho — a curva mais perfeita do universo. Todos esses anos um dente mole na ponta da língua. Ela, para sempre. Ai, não: coro de anjos? Droga: sinos de Belém? Olho vazio, ali se quedam, bêbados de solidão. Um culpando o outro da felicidade perdida.

78

— Inteirei cinquenta anos. Enganado pela mulher mais moça. Nesse loiro que ronda a casa dou uns tiros, mas não acerto. De católico mudo para crente. Minha defesa antes era uma faca. Hoje do céu o meu amparo. Se você é crente, adulterar não pode. "Nada te faço", eu digo. "Por bem casamos, por bem apartamos." Ela se vai com o loiro, guardo os três filhos. Esses eu conheço que são meus. Daí ela se junta com outro, biscateiro de galinha. Agora acabou, não sei de mulher, para o crente é mais fácil. A palavra cala no teu coração. A luz vem de cima.

79

Cidadania curitibana:
Motorista, pare sobre a faixa do pedestre.
Ajuste bem o cinto de segurança.
E avance impávido, dois toques na buzina, todo sinal vermelho.

80

— O tio alisa os meus cabelos: "Que bonitinha. Quantos aninhos, meu anjo? Puxa, só treze." Conversamos um pouco. Ele fala o tempo todo. "Sim", eu digo. Ele se vai e aparece a mulher. Tudo ela viu, não sou mais que uma cadelinha corrida. Grande putinha e tal. Uma bruta raiva, não falo nada. Deixa estar. Você me paga. Ruiva, gorducha, rosto vermelhão. No caminho encontro a filha deles, nove anos. Estuda na mesma escola. Convido pra brincar na beira do rio. Vamos pulando, de mão dada.

81

— *Tão deprimida. Bebo em jejum dois copos do vinho de laranja. Fico bem tonta. E varro alegrinha a casa inteira.*

82

Ali na margem, ela se distrai, lhe dou empurrão pelas costas. Não é que se ergue, a água até o peito? Ajudo a subir e tirar a blusa molhada. Depois lhe enfio na boca, pra não gritar. Com dois dedos tapo o nariz. Ela se debate e me arranha o braço. Sou obrigada: pego o canivete da mochila e enterro duas, três vezes no peito. Ela não quer morrer. Alcanço um pau e bato com ele na cabeça. Ainda ela resiste.

83

— *Abandonada, a pobre. Será que... E se ela fizesse...*

— *Não? Ela fez tudo. Até o que uma mulher da rua tem vergonha.*

84

Daí jogo de novo na água. Não fique de pé, seguro embaixo com uma vara. Nela se agarra com as duas mãos. Até que abre os dedos e se abandona. Os grandes olhos azuis lá no fundo. Uma peninha, a gorducha tem de aprender. Me lavo e corro de volta. Banho com sabonete. Me enfeito pra ficar bonita. No vestidinho de manga comprida. Dou uma desculpa em casa. E vou ao lugar escolhido pelo tio. A filhinha dele agora sou eu. O coração bate forte. O meu primeiro encontro de amor.

85

Sai do banheiro o menino e cobre o pintinho com as mãos.

— Não esconda, meu bem. Ele é tão bonito. Serve pra fazer filho na tua mulher.

Abre os dedos. Exibe a força dos cinco aninhos:

— É assim, mãe? Ela vai mamar aqui?

86

— Errei, doutor. Quanto eu errei. Deus sabe que não sou culpada. Esse homem que me tentou há de pagar. Rondando a casa, sem sair de perto. Com agrado e presentinho. Uma tarde me pediu que pregasse um botão, não tirou a camisa. Tão juntinho, minha mão tremia. Me agarrou e deu um beijo. "Credo", eu disse, "não tem respeito? Vou contar pro João." "Não conte", ele disse. "O João acaba com nós dois." Daí, o doutor sabe, a mulher é fraca. Um dia, quando criar meus filhos, eu falo pra ele: "Você me tentou. Fez a minha desgraça."

87

Curitiba
ó maldito vaso de água podre
figo fervilhante de bichos
ó cedro retorcido de agulhas
hiena comedora de testículos quebrados

88

Ela se enfurece, apanha atrás da porta o cacete, avança contra ele. Com o braço João desvia o golpe. Longe salta o porrete. Ela investe à unha e os dois se agarram. De vereda a ideia de matá-la. Muito sofreu com ela, só faz passar vergonha. Com as mãos na garganta: aquele dia o último. Daí arrasta para fora o corpo. Seguido pela menina, medo de ficar sozinha. Até ajuda a carregar, ele vai derrubando a velha. Enterra bem fundo e espalha em cima galhos e folhas. Voltam para casa. João faz duas trouxinhas de roupa. Manhã seguinte vende as galinhas. Dá a mão para a menina e se perdem na curva. O guapeca trotando atrás.

89

Mocinha nua. Tão esganado, em vez de chupar a bala azedinha, engole-a com papel e tudo.

[51]

90

Baixinho, nariz chato, dente estragado. Quando passa a garota, ele diz: "Que morena linda!" Ela para e pergunta o que disse. Começam a prosear. João convida para dormirem juntos. Ela não dorme com ninguém, mas pode acompanhá-la. A par da moça, ele é só gracinhas. De novo propõe irem a um quarto. Ela acha melhor no campo. Os dois vão para o campinho. Ela pede dinheiro, mas ele não tem. Mostra o bolso furado. "Sai, azar", ela diz. João insiste no trato, é repelido. Então a derruba no chão, torce o pescoço, arrasta pelo mato. E a pobrinha se descabela de gritar e chorar.

91

No hospital, geme a velhinha nas últimas:
— Zé, me leva daqui. Eles põem vidro moído no caldo de feijão.

92

— Olha, Maria, estão me judiando demais. Pelo amor de Deus, não me abuse. Pelo amor de minha filha, não quero ser criminoso. Vocês estão procurando. Não me façam isso. Estou com minha consciência limpa. Essa vaca velha não se meta. Agora sei quem ela é. Já andava com intriga de mim para os turcos. Sei que essa tua mãe te desencabeça. E você é muito boba de ir atrás. Agora está como ela quer — uma desgraça bem grande. Já estou perdido da vida. Não conto com mais nada. Nem com minha própria filha. Você está trazendo tudo o que é teu para cá. Já trouxe as joias. Agora tua roupa de passeio e os sapatos. Essa tua mãe quer falar de juiz e de justiça. Minha justiça sou eu mesmo.

93

O anjinho embebe de gasolina um, dois, três sapos dos grandes. Risca um fósforo. E baba-se de gozo com as bolas de fogo saltadoras.

94

Não pense tenho medo da vaca velha. Estou preparado para enfrentar qualquer um. Seja para morrer, seja para matar. Procurei sempre trazer conforto para casa. Nunca fiz questão de despesa. Você me abandonou por causa dessa tua mãe. Se estivesse comigo, nada disso acontecia. Tirou a minha filha de mim. Aproveitou-se da hora em que fui para o trabalho. Hoje vim disposto a tocar fogo. Mas pensei na minha filha. Amanhã volto furioso, daí quero ver. Por bem comigo tem tudo. Por mal está buscando uma grande desgraça. Já sabe, Maria. Sem minha filha sou tentado para a morte. Você está marcada. É amanhã, Maria. Me acompanha ou morre.

95

Tosse e emagrece: o colarinho folgado, mais dois furos na cinta, o relógio dança no pulso e o anel no dedo.

— Está enxuto, hein, cara? O corpinho de farol de dancing *do nosso tempo.*

Todo vaidoso e feliz até se lembrar dos seus poucos dias contados.

96

— Como é que nhô João se distrai à noite?
— De noite eu reino com a Ditinha.

97

Um bom homem, ai dele, que sofre dos nervos. Mora com a mulher e o filho na sua chacrinha. Para diversão do piá compra a mais branca das cabritas. Sem sossego lida na pequena roça. Bondoso e manso, basta não o contrarie. Uma tarde discute com a mulher. Sai, batendo a porta. Alegrinho, o cão late e pula à sua volta. Manda que se cale e esse aí pulando e latindo. Apanha numa forquilha o chicote e malha com força. O cãozinho arrasta as pernas traseiras numa sombra molhada. E some ganindo no mato. O homem vai em frente. Ao vê-lo, faceira na sua fitinha encarnada, berra a cabrita aos saltos. Manda que se cale.

98

Em cada esquina de Curitiba um Raskolnikov te saúda, a mão na machadinha sob o paletó.

99

Manda que se cale. No cercado ela pula graciosa, as quatro patinhas no ar. E berra mais alto. Ele volta-se para o filho: "Me busque já o facão." O piá, sem voz: "Não, paizinho." Ai do moleque se... "Já, já o meu facão." E alcança da mãozinha trêmula a afiada faca. Num golpe corta o pescoço da cabritinha, altura da fita. Espirra a cabeça ainda gritando. O homem ergue pela cauda o tapete vermelho e branco, leva-o de presente ao vizinho. À noite, esse retribui: um quarto assado no forno. E o homem, a mulher, o filho que tanto amavam a cabrita? Roem até o seu último fiapo de carne. Sugam os seus pequenos ossos. No fim lambem os dedos e choram por ela.

100

O professor de português repreende a filha pelas notas baixas no boletim. A pequena, uma lágrima só:
— Errei, paizinho. Sou culpada. Eu não mereço de viver.

101

— *Você vai pra assaltar uma dona. A primeira que aparece. Ela se apavora fácil. Tenho de pagar a bicicleta do meu primo. Não sou de ficar devendo. Tomo umas e outras, pra dar coragem. De noite, rua sem agito, fico zoando. Sempre armado, muito bandido por aí. De repente no carrão vermelho a dona sozinha. Ela vê o berro: "Tudo bem. O relógio? Pode levar." Epa, uma menina ao lado. Sento no banco de trás, que ela siga. Mato a filha se não obedece. Acho um lugar escuro. Só penso em roubar. Você vai pro assalto, não sabe o que acontece.*

102

Como o novelo de lã que rola debaixo da poltrona é denunciado pela pontinha do fio no tapete.

103

Ela entrega o relógio, as joias, o cartão. Dinheiro, só um nadinha. Azar de ser bonita. Na hora bem doido. Que tire a roupa. Mato a guria se você não. Ela aceita e vem pro banco de trás. A menina o tempo todo fala baixinho. É mesmo, acho que rezando. Epa, a dona quer pegar o berro. Não era pra ter feito isso. O primeiro tiro fura a mão. Ela cai, já se levanta. Agarrada na arma. Decerto porque a filha vê tudo. Devia ter mandado se abaixar no banco.

104

Velho: uma caneca trincada de louça, o nome *Saudade* quase apagado.

105

Dou mais dois tiros. Aí não se mexe. Arrasto pra fora. Limpo na blusa perfumada o sangue das mãos. Dirijo mal, perco o rumo, bato no muro. Saio correndo e tonto. A menina? E eu fiquei lá pra saber? De táxi vou ao bailão. Encontro a peça. Bebo umas e outras. Danço juntinho e transamos. Eu com as duas. Ela e a tesuda do carro. Isso não se faz, pô. Aceita e depois não. De quem a culpa? Me deito e apago. Quando durmo, nem sonhar eu sonho.

106

Na floricultura o botão de rosa mais fresco são os lábios vermelhos da mocinha.

107

Capitu dos olhos de cigana oblíquos e dissimulados. Ao teatro íamos juntos... uma estreia de ópera, a que ela não foi por ter adoecido, mas quis por força que eu fosse. Saí, mas voltei no fim do primeiro ato. Encontrei Escobar à porta do corredor. "Vinha falar-te", disse-me ele. Expliquei-lhe que voltara receoso de Capitu, que ficara doente. "Então, vou-me embora. Vinha para aquele negócio dos embargos." Eram uns embargos de terceiro; ocorrera um incidente importante. Capitu estava melhor e até boa, uma dor de cabeça de nada. Vamos agora aos embargos. Da circunstância nova digo que não valia nada. Tomamos chá. Escobar olha para mim, desconfiado. Capitu concluiu: "Ele que veio até aqui, a esta hora, é que está impressionado com a demanda."

108

Como dormir se, para os mil olhos da insônia, você tem só duas pálpebras?

109

A minha, a tua, a nossa querida Capitu "dos olhos de cigana oblíquos e dissimulados". Sabe o que dissimulado bem significa. E oblíquo? Lá está no próprio Machado: "o riso oblíquo dos fraudulentos" (em Papéis avulsos*) e "olhar oblíquo do meu cruel adversário" mais "o olhar oblíquo do mau destino" (em* Histórias sem data*). Qual é a dúvida, cara?*

Não fosse o pérfido Escobar "filho de um advogado de Curitiba" — pode vir alguma coisa boa de Curitiba?

110

Na cama, diz o marido:

— Você é gorda, sim. Mas é limpa.

— ...

— Você é feia, certo? Mas é de graça.

111

A sede de um filho, um filho próprio da minha pessoa. As esperanças nasceram. Foi uma vertigem e uma loucura. O nome de Ezequiel; era o de Escobar. Ele foi único. Nenhum outro veio, certo nem incerto, morto nem vivo, um só e único.

Um rapaz... nem mais nem menos o meu antigo companheiro. A voz era a mesma de Escobar. Tinha a cabeça aritmética do pai. Um jeito dos pés. E dos olhos. E das mãos. O modo de voltar a cabeça. E de rir. A própria natureza jurava por si: o defunto falava e ria por ele. Era o próprio, o exato, o verdadeiro Escobar. Era o filho de seu pai.

112

— Bem casado eu sou. Te peço, por favor. Me ajuda a abandonar... esquecer... me desligar... romper de vez...

— Tem amante? Um caso?

— Essa idolatrada garrafa. O sagrado cálice. Ó bar dos meus amores.

113

— *Você fala, fala no maldito dinheiro. Deu? Não deu? Ai, que desespero, cara. Só não devolvi porque não pude. Essa droga de crise. O emprego não perdi? Estou na luta por outro. Disposta a vender perfume nas portas. Ou cigarro na rua. Que tal guria de programa? Isso mesmo: putinha. Acha que eu sou, não é? Corta essa, querido. Morre antes, não. Pô, muito que viver. Certo: se você insiste, morra. Sovina e rico, morra. Dane-se e morra. Junto o dinheiro mais o juro e vou ao cemitério. Acho o túmulo, faço um buraco, enterro lá no fundo. Daí você tira o braço do caixão e agarra o saquinho de moedas. Bem firme, querido. Até o dia do Juízo Final, orra. Não calo, não. Boca suja, sim. Essa mesma que tanto quer beijar e beijar?*

114

O porteiro do parque de diversões Cometa se gaba de que a menina paga com o corpo as muitas voltas na roda-gigante.

115

Ele fica bêbado no velório da avó. O maldito quentão servido em xicrinha de barro. De manhã, antes do enterro, furioso, aos gritos: "Ei, velha... Ei, você aí..." Os pontapés no caixão sacodem a cabecinha da finada. O sargento lhe dá voz de prisão. Pronto arrependido, coçando a barba: "Essa velhinha me queria muito bem."

116

O pai cegou nos últimos dias, castigo de haver posto em menino uma bostica de vaca na mão do ceguinho.

117

— *O João chegou de noite querendo guerra. Ontem a gente já tinha discutido. Fiquei com raiva. Na frente dos cinco filhos, ele começou a me bater. Chutava as pernas. Me jogou água quente. Aí eu falei: "Agora chega. Não sou escrava." Nunca dei motivo pra me agredir. Trabalho duro de cozinheira. Mas ele sempre me bateu. Morde o meu braço, tira sangue. Me arrasta na rua pelo cabelo. Uma vez fiquei surda três meses. Na outra, me quebrou o nariz. Olha só: bem torto. Agora chega. Ele não é de beber, não. O que tem é gênio forte. Por qualquer nadinha, já viu, eu apanho. Ele é o machão.*

118

Curitiba é uma boa cidade se você for o sapo coaxante na chuva.

119

É o diretor geral da tenda dos milagres. Grande médium, poderes para alcançar o bem e o mal. A força do mensageiro de Lúcifer, mais poderoso dos orixás. Porém o maioral é Deus. A Bíblia, o livro guia. Rituais de umbanda, candomblé, quimbanda. Nas reuniões noturnas incorpora seres sobrenaturais: Bará, Lúcifer, Maioral. Sob o efeito de bebida e ervas misteriosas, ordena e dirige verdadeiras orgias: relações incestuosas, sexo em grupo, lesbianismo. Um só princípio: você é de todos e de ninguém. Basta um queira e o outro concorde. O corpo não tem dono.

120

— E eu? Não sou mais velho que a minha jaqueta? Será que vai me dar para os pobres?

121

Incorporando as entidades, não responde por seus atos. Em transe durante os trabalhos, nada vê, de nada se lembra. Todas as moças o querem como protetor. Ali a seus pés, sempre à disposição. Vestidas de preto, sem calcinha nem sutiã. Carentes de sexo e família. Já não precisam de procurar na rua. Cada qual concorre a rainha sacerdotisa. Nele acham o pai, guia, irmão, amante, grande príncipe.

122

Toda a infelicidade do homem vem de não saber deixar o carro na garagem.

123

As ordens ditadas pelos mestres. Lúcifer, o mais poderoso dos exus. Além dos santos protetores: Iansã, Mamãe Oxum, Ogum, Xangô. Porém o maioral é Oxalá. Nos rituais bebida forte, charuto, colar colorido, feijão, pimenta, flor, chinelo velho, búzio, vela de 7 dias. Estatueta de Omolu. Galho de arruda no copo d'água. Mais incenso e defumador. Esteira no chão. A um canto a ventosa e o vibrador.

124

Na vidraça o arrepio do papel celofane amassado. É a chuva.

125

Um grande mestre é Bará. Erê, um espírito de criança. Na camarinha você fica despida e dorme com o santo. Liberto o corpo, tudo pode: basta um queira e o outro aceite. O amor é livre, sim: lição espiritual, descoberta religiosa. Início do autoconhecimento. O corpo não tem dono, assim o ciúme não existe. As entidades Zé Pelintra e Preto Véio bem safadinhas. Você, menina, cuidado com a Pomba Gira.

126

Curitiba é uma boa cidade se você for a pedra solta na rua, o galho seco de árvore, a pena de pardal soprada ao vento.

127

As garotas são amantes uma da outra. Eu mesma deitei com uma delas. Certa noite vi o meu marido no ato com a mais gordinha. Ciumenta, não gostei. Para o crente, na sexta-feira proibido o sexo. Bem numa sexta possuída pelo maioral, na tenda dos milagres. Lá cozinho a panela de canjica e arejo as esteiras. E o que acontece? No meu corpo baixa a Pomba Gira e serve-se três vezes. Sagrado é guardar a sexta. Ai de mim se o João sabe.

128

Os filhos naturais do presidente Jango e do ministro Pelé — como renegar a própria, a exata, a verdadeira imagem? — são a prova última da traição de Capitu.

129

Entra o maioral de capacete dourado e espada em punho. Colares coloridos representam os orixás. As moças, nos vestidos branco ou preto, sem sutiã nem calcinha, atiram pétalas de rosa vermelha aos seus pés. O mundo carece de paz, anuncia ele, os filhos da casa guerreando. Pita o cachimbo com arruda, fumo, guiné. Todos servem-se de bebida forte. Da galinha preta ele quebra as pernas. Rebenta as asas. E, ainda viva, lhe arranca o pescoço: que os iniciados provem e bebam o sangue.

130

No jardim, enquanto arranco um matinho, outro é plantado por minha sombra.

131

Ana, aos oito anos, por ele deflorada com uma vela azul. Do amor enjeitado Maria se afogou no poço. Essa aí, uma surra de bambu ao se negar a atos libidinosos com as entidades Zé Pelintra e Preto Véio. Aquela, forçada a se ajoelhar em cacos de vidro. No cemitério à meia-noite Lili roubou uma tíbia para os trabalhos. A Ieda manda tirar a blusa, deixando os seios nus. Com a faca de ponta lhe risca nas costas o sinal do João Caveira.

132

— De que vale esse aí ao teu lado, se você está sempre sozinha?

133

Juve obrigada a beber meio litro de pinga. Ele, em nome do príncipe Lúcifer: fosse chicoteada, além de oferecer o sangue cortando os pulsos. E lavar toda a louça da tenda mais a roupa íntima das garotas. Afinal redimida na sala secreta ou camarinha, praticando atos com um e outro. Ao som de atabaques e tambores até altas horas, incomodando os vizinhos, que reclamam aos gritos.

134

— Você conhece o antigo rótulo da Emulsão de Scott? Assim eu me sinto. Casada... Não, não. Cansada, isso. Curvada, sim. Ao peso do eterno bacalhau nas costas.

135

Na direção do ônibus escolar, circula pela Rua Belém. Quase atropela a moça distraída. Vê-la, tocar a buzina, pisar no freio — o mesmo que amá-la. Para os dois aluga um barraco. Amor, ô louco: "Ela brigava pela menor bobagem. Me traiu dentro de casa." Na garota bate com força. Grávida, ele a abandona: se vai com todos os móveis. A sogra dá queixa no distrito.

Dois meses, ele não se conforma, quer voltar. E Maria? Muito bem de copeira na Lanchonete do Zé. Avisando que vai matar mãe e filha, João compra um punhal.

136

Memorial de Curitiba: a nossa Capela Sistina ao merdoso *kitsch*.

137

Naquela manhã, ela sai para o trabalho, entre duas amigas. Ali na esquina quem está, a faquinha enrolada no paletó? "Agora eu te mato, sua desgraçada." Aos gritos das colegas, João a enfia no peito da moça. Uma vez: "Alguém me acuda." Duas: "Ele me esfaqueou." Três: "Estou morrendo."

O guarda Bruno chega: "Tá preso." O rapaz deixa cair o punhal: "Ela vivia fazendo desfeita pra mim." E na delegacia chora de remorso: "Estraguei minha vida." Vaidoso, o guardinha conta que é o seu primeiro preso.

138

— Não, pastor. Eu não tive a graça de ver. Mas o anjo falou com a menina.

139

— O que me perdeu foi a paixão de tatu. De caçar, nem tanto de comer. Todo sábado. Varando o mato e a noite: eu, a espingarda, o cachorro. Naquele maldito sábado, quem está na minha cama, com a minha mulher? Bem ele, o compadre Tito. Eu, que sofro de ataque, um grito e caio de costas, espumando. O tal e a Maria me internam no asilo de loucos. Duas semanas depois o doutor me dá alta. Basta que tome todo dia um comprimido. Chego em casa, quem ali à minha espera? O mesmo desgraçido e a mesma cadela.

140

Curitiba é uma boa cidade se você for o palavrão berrado em todas as bocas.

141

Epa, mais o sogro. Esse aí me pergunta: "Em que pé, ô Sete Meses, quer a corrente?" Resistir, eu, magriço e fraco? Você é mortinho, pensei. "Que seja no direito." E os três furam a parede, enfiam a corrente, prendem no toco do terreiro. O moleque berrando que a mãe não judie do paizinho. Lá no paiol de dois metros por um e meio. Um banco, a velha rede. O pequeno buraco na porta gradeada e chumbada. Por ele recebo o feijão com farinha. Vez em quando a bandida joga um balde d'água para me lavar.

142

Mais que a deixasse nua, restava sempre uma nesga secreta para o dia seguinte.

143

O Tito é da cachacinha. Bebe e toca viola, o carniça. Até com sentimento. Ouço o riso feliz da cavalinha. Puxa, três anos faz. De começo chorava muito. Minha reza um só gemido: Ai, Jesus. O piá certo de que estou louco: se não me dão o comprimido é um ataque atrás do outro. Esse bicho imundo e barbudo sou eu? As unhas já se enrolam de tão compridas. Rebaixado o cantinho de terra, tanto os pés descalços vêm e vão. O guapeca nos primeiros dias arranha a porta e dorme do lado de fora. Agora me esqueceu.

144

Dos teus anos perdidos de escola a única lição para sempre são os joelhos da professora.

145

De nossas boas caçadas não sente falta? Ai, ai de mim. Sem ninguém. A boca entupida de cinza. Nesta rede de espinhos e aflição. Abandonado. Só e sozinho. Mal sabem eles: todos os passarinhos cantam para mim. E no banhado todos os sapos choram por mim. Quanta noite um e outro galho me arranha o rosto. Lá vou eu, livre. Sim, livre. Livre da corrente, aos pulos. Entre os mil latidos de alegria. Em nossa corrida louca atrás do tatu-bolinha. Perdido no tempo, sei do meu aniversário. O dia que ela traz galinha com farofa, bem como eu gosto.

146

No velório do pobre moço:
— A noiva está muito comovida?
— É quem mais espanta mosca no rosto do finadinho.

147

— *Ele andava atrás de mim. Precisa muito falar comigo. Um cara velho e feio. Eu, hein! Sai fora. Na praça eu lambia um sorvete de coco, era viciada em coco. O tal se chega: "Que sorvete gostoso! Dá uma lambidinha." Me pega no braço, viro a mão, o sorvete bem no sapato dele. "Ai, que menina feia." Orra, já era o amor.*

148

— Ah, bem que ela é má. Você não sabe quanto. Basta chegue perto do rádio, já pensou? este se põe aos gritos.

149

Assisto a um filme: a chacina do casal e da filha. Só a imagem, nenhum som. Os velhos mutilados ali no chão. A moça de cabeça caída na mesa. Terror e angústia, não posso fechar os olhos. Eis que a cena se desenrola de trás pra frente. Eu, não sendo a moça (continua ali, da cabeça loira pingando sangue no chinelo de pelúcia), sinto o horror dela antes da violação. Em desespero, os velhos pais a escondem no sótão. Ao longe, uma igrejinha solitária, porta aberta, luz piscante de velas.

150

Jurava se vingar da raça maldita do genro. E só matou a netinha de tanto escondia o chinelo dele, que era um velho.

151

Irrompe na sala o maníaco em busca da presa. Deitada no escuro, por uma fresta do soalho espio o bandido. Furioso, ergue a cabeça e nossos olhos se cruzam. Reconheço o Tito, descalço, chapéu na mão. Os velhos falando alto tentam distraí-lo. Na loucura do olho azul, o meu destino de ser violada e estripada. É o fim. Descoberto (sou eu a moça), fico de pé e vou ao seu encontro. Começo a descer os degraus... Não é que você me chama, hora do colégio?

152

O pai telefona para casa:

— Alô?

— ...

Reconhece o silêncio da tipinha. Você liga? Quem fala é você.

— Alô, fofinha.

Nem um som. Criança não é, para ser chamada fofinha. Cinco anos, já viu.

— Oi, filha. Sabe que eu te amo?

— Eu também.

"Puxa, ela nunca disse que me amava."

— Também o quê?

— Eu também amo eu.

153

Pendura o barbante no teto. Amarra na ponta um pequeno prego. Com a força do pensamento balança-o pra cá, pra lá.

O poder dos seus olhos apaga a chama de uma vela.

Só não consegue, ai, calar a maldita bruxa.

154

— As intimidades eram demais. A mocinha pegou as duas no quarto. Abre a porta, o que vê na cama de casal? Às quatro da tarde. As crianças no colégio. Nem se incomodaram de chavear a porta. O que a moça vê? As duas na cama, nuazinhas. E a baixinha com uma gota de sangue no lábio.

O que é pior? Bem outra, risonha, feliz. Uma gorda mãe de família, já viu. A minha santíssima senhora.

155

— *Ai, docinho. Tua perna tremendo. Não para quieta. É da posição. Quer que mude?*
— *Não, não. Ai, tão bom. Deixa que trema. Você aí, pode tremer. Perninha, não para. Ai, ai.*

156

— De novo as tais ações mentais. Aquele meu vizinho, o João, planeja contra mim. Não adianta ser tão calado, eu sei. Mais forte a dor de cabeça. Sei quando a pessoa faz careta nas minhas costas. Isso me deixa nervoso. Essas ações desde algum tempo. Primeiro as vozes ficam brincando comigo. Daí desenham sombras no meu rosto. Por exemplo, a tua imagem na minha cara. Entende? A tua cara dentro da minha. Eu passo a ter a cara do João.

157

Cada um de nós uma multidão de tipos. Você é sempre novo diante de outra pessoa.

158

Uma série de vozes confunde a minha. Um canto da boca dispara a tremer. Imagens mentais bloqueiam a minha consciência. Gira a cabeça, estalam os dentes. Vou ao chão, espumando. Todo me batendo. A língua mordida, veja o olho roxo. Pessoas reais, eu sei, fazem essas ações. Sou vítima delas.

159

Ofuscada ao sol, a borboleta branca bate as pálpebras.

160

Ao crime só instigado nos últimos tempos. Depois de muito terrorismo. Sair na rua já não posso. E fico sofrendo. Por que não reajo? Os terrores vão mandando na minha vida. Tenho de matar todo mundo. O João era eu. Eu sou ele. Ele me aterra. Humilhando, orra. Não sou ninguém. Minha mãe fala de levar ao médico. Não vai adiantar. Nada adianta. Um total assassinato que eu sofro. E me fecho em casa, bloqueado na ação mental. De repente as vozes que me induzem. É a hora. Quero me livrar de quem faz isso comigo. Já sem defesa alguma. Acordado a noite inteira, andando no quarto.

161

— *A bem-amada é o som de mil palmas batendo numa só mão.*

162

Bem cedinho o João passa na rua, com o leite e o pão. Um cara baixinho, magrinho, feinho. Vou atrás. Na porta da casa, mostro a foice. O tal, nem um pio. Que ele, a mulher e os dois filhos deitem no chão. Mãos e pés, vou amarrando todos. Ele pede que não faça mal, posso levar tudo o que tem. Um trapo na boca e nos olhos de cada um. Dó de machucar muito o João. Enfio no coração a faca de cozinha. Sete vezes. Mas não uso a foice.

163

Belisca na blusa o biquinho do seio
raio trêmulo de sol nos olhos
salta o peixe à flor d'água

164

Encho de água o tanque. Afundo a cabeça do menino de nove anos, fica se agitando. O mesmo com a garota de doze. Não mais de um minuto e meio. Acho que a média das mortes um minuto, um minuto e meio. Tinha enfiado sete vezes a faca no peito do João. E você morreu? Nem ele. Sai muito sangue. Com as crianças eu não sinto nada. Quando é o João, por causa da sangueira, uma cena de terror. Afogo por último a mulher, ali deitada na cozinha. Ela eu afogo numa bacia grande. Só geme baixinho.

165

A chuva se derrama pelo chão, contas brancas de colar espirrando por todo lado.

166

Eu não planejo as cenas. Tudo vai acontecendo. Tiro a roupa de cada um. Está molhada, entende? Arrasto um por um para baixo do chuveiro. Limpo todo o sangue do João. Lavo os corpos. Daí enrolo em quatro lençóis. Boto as crianças debaixo da cama. O João e a mulher dentro do guarda-roupa. Fecho com a chave.

167

Curitiba: ó araponga louca da meia-noite repicando os sinos da minha eterna insônia.

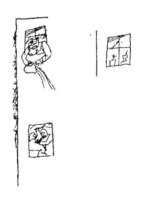

168

Tudo por causa das ações mentais. Diante delas eu não tenho poder algum. Tomo banho e vou para a sala. Enfio o boné vermelho do menino. Começo a dormir sentado. A ação mental de uma garota que mora por ali me faz acordar. O João, ele... Ela... Eles pegam as minhas partes, na frente e atrás. Acordo, ela me masturba, durmo de novo. Fico a manhã inteira zanzando na casa.

169

— *Teus olhinhos oblíquos, ai. Duas castanholas estalando os negros cílios.*

170

Devoro um melão, cinco maçãs, o arroz frio em cima da pia. Já não sinto as dores de cabeça. Ligo a tevê, um cara muito engraçado. Só de tarde vou para casa. Com o meu novo boné. Antes de sair, lavo o banheiro e a faca. As chaves, jogo numa lixeira. Que me descubram eu não quero. Sou inocente, apesar do que fiz. Não fui eu que fiz. Foram eles.

171

Ele dá um, dois, três beijinhos. Ela, suspirosa:
— Você é mais convincente, amor, quando não fala.

172

— Que achou do meu pudim de laranja?
— Bem gostoso. Só que a massa um tantinho dura.
A mulher abre a boca, mas é a vez da filha:
— Vocês, homens. Em vez de agradecer, sabem só reclamar. Devia dar graças que alguém faça pudim pra você. Tanta gente sem pão e esse cara reclama do pudim.
— Pera aí. Eu disse que...

173

Quebra na pia o elefante vermelho de louça e para beber — oh, não — rouba as moedinhas da filha.

174

— Pera aí. Eu disse que...

A mulher:

— É mesmo um paxá. Alguma vez foi pra cozinha e fez um pudim?

— Mas eu gostei do pudim. Só achei a massa um pouquinho... um nadinha...

A filha:

— Pô, de novo? Para de reclamar, ô meu.

A mulher, com a última palavra:

— Calma, filhinha. Não grite com esse aí. Malagradecido. Mas é o pobre do seu pai.

175

O noivinho tão delicado, meu Deus, essa mesma besta resfolegante ali na cama? Toda noite rasga a tua calcinha. Antes de rebentar aos berros uma das trompas.

176

O filho do escrivão brigou com a namorada na procissão do Senhor Morto. Mais tarde, diante da casa, grita o nome da ingrata. Quando Maria afasta a cortina de bolinhas — ai, que desgraça —, ele dá um tiro no ouvido. Mas não morre: a bala desvia no osso, quebra dois dentes, se perde. João fica de boquinha torta. Muitos dias o povo desfila para ver o sangue na calçada. Em vão a moça lava-o com três baldes d'água. Só esfregando na escova saem as manchas. Ela o perdoa. Mais, se apaixona. E João? Boquinha e tudo, foge com outra.

177

Ao ver a bem querida, o mesmo coração alegre do ovo espirrando na frigideira.

178

Maria se queixa para as vizinhas do ciúme doentio de João. Além de agredi-la, rasgou a calça e a blusa novas — presentes do amante? Mais uma briga: ela ameaça interná-lo no asilo. Só porque bebe um tantinho? Ofendido, João dorme na casa da mãe. Sábado, dez da noite, vai rondar a porta. Só estão os três filhos. Alegrinho, ri e brinca, adorado por eles. Vê a mulher chegando de carro. Se despede do tipo com beijo na boca.

Assim que entra na sala, João lhe sacode o pescoço, ali na frente dos filhos. "Só apertei um pouco e ela dormiu" — carrega-a nos braços para o quarto. Que a maior de sete anos se deite e reze com os menores. Da mulher cuida ele.

179

— *Chorei a última lágrima. Chorei o terceiro olho da cara.*

180

Com a faca e a tesoura, da meia-noite às quatro e meia, retalhando o corpo. Começa pela cabeça. Separada, descola o couro cabeludo e a pele do rosto, não seja reconhecida. Depois corta os braços e as pernas. O colchão ensopado de sangue, ele o revira. Limpa as manchas no soalho. Se lava, escova as unhas e se veste.

181

A bem querida. Pratinho de arroz-doce com boca de canela e olhos de cravo-da-índia.

182

Ali no corredor a bicicleta com cesta. Orra, bombear um pneu vazio. Acha um jornal velho. Pedala com fúria: a cabeça e os braços joga nas águas barrentas do Rio Belém. Volta para casa. Enrola o tronco num saco plástico azul. Pedala sem parar, atira-o nos fundos do cemitério das Mercês. Mais uma viagem: as duas pernas, amarradas, esconde num terreno baldio do Boqueirão. E no matagal próximo a tesoura e a faca envoltas na roupa da mulher.

183

No oco da noite sou o caruncho que rói a bolinha perfeita do sono perdido.

184

Sem fôlego, descansa. Fuma um cigarro, deliciado. Já é manhã. Pedala devagar para a casa da mãe. Uma garoa fina. Repete o café, três pães, cata as migalhas: "Puxa, que fome." Exausto, desmaia na cama. De tardezinha, dorme ainda, chegam os tiras. Na delegacia, bate a cabeça na parede: "...eu amava, sim... ela me traiu... só fiz por amor..."

185

Botão de rosa
ó pura contradição
volúpia de ser o beijo de ninguém
sob tantos lábios

186

O táxi corre à beira do precipício. Derrapa na curva. A Val me agarra o braço. Grito, um grande clarão. E, graças a Deus, de novo o carro na estrada. Ali o mar azul, areia branquinha, moços na praia. A ilha mais bonita do mundo. Um grupo ao redor do guarda-sol. Não é a Bia entre eles? "Pô, Val, olha quem está ali? Bem ela que eu não gosto." Tudo perfeito: sol, praia mansa, gente alegre. O que de errado nesse paraíso? Então o lampejo: a Bia tinha morrido. Mas a Val não se toca. Um tipo simpático me chama. "Oi, Sô. Querem ver a sua cabana? Venham comigo." Cruzamos o pontilhão sobre um riozinho. Plantas, flores, pássaros. E a nossa linda cabaninha de bambu e palha.

187

— *Entro na sauna gay. É tudo escuro. Numa tarde transo com nove, sem ver a cara de nenhum.*

188

Sentamos nas esteiras coloridas e o professor João — é ele — fala com a Val. Animadíssima, ri, conta piada. Pô, outro susto: o professor João, ai... Não, bem mortinho. Aí me dá um calafrio. Um medão que você não imagina. É uma ilha só de mortos. Quietinha pra Val não se apavorar. E penso em fugir. Se eles descobrem que estamos vivas não vão deixar. Daqui saímos nunca mais. Me lembro do carro à margem do abismo. O grande clarão azul. Ai, não, Jesus Cristinho. Se nós duas também... Desconfiado, o professor João me olha e lê os pensamentos. Deixa de sorrir. Agora, sim, perdidas. Ele vem me pegar. Dou um grito. Sentada aqui na minha cama. Ao lado do meu amor.

189

Ao sair do banheiro, ele cruza com ela na cozinha.
— Oi — ela diz.
Já na porta, sem se virar:
— Oi — ele diz.

Assim ano após ano até que, um dia, ela se vai. Toda manhã ele entra na cozinha e diz "Oi". Mas você responde? Nem ela.

190

— Sabe que tem uma delas trabalhando com a gente?

— Puxa, não me diga. Uma lésbica entre nós? Conta. Quem é?

— Só te conto se me der um beijinho na boca.

191

— *Em casa, você aí, olha o que está perdendo. Você que tem visões. Ou escuta vozes. Espuma e sofre de ataque. Tem caroço no seio. Catarata nos dois olhos. Gosto de sangue na boca. Batedeira no coração. Luta com bichos na parede. Sente a casa caindo sobre tua cabeça. Ou está desempregado. Sem dinheiro e com dívida. Saiba que tudo é obra de Satanás. Ao entrar em nossa igreja, o teu mal desaparece. Aqui o milagre é todo dia.*

192

No mundo de cabotinos um toque de modéstia é a gota de sangue na gema do ovo.

193

— A nossa igreja de braços abertos para você. Te oferece a cura da pior enfermidade. Mesmo desenganado pelos médicos. O irmão com aids, você aí. Saiba que não é doença. Sim um agente do mal que invade e controla a tua pessoa. Homem ou mulher com o sexo trocado? Só um trabalho da Pomba Gira. Não é você: ela quem te faz assim. O pederasta é uma vítima do demônio. A lésbica, um espírito imundo. Vencido o capeta, você é salvo, irmão. Nós temos a força e Deus o poder.

194

— Essa, não, filha. Depois de escovar os dentes. Ai, não. Chupando bala?
— Tudo bem, mãezinha. Antes eu lavei a bala.

195

— Matei, sim. Não pude mais. Foi só paixão. Três anos essa aí não me quis. Era minha amiga, me beijava no rosto, andava de mão dada. Eu pedindo sempre em namoro. Ela só dizia não. E o que me conta? Com a filha doentinha e o baixo salário, saía com outros homens. Em troca de dinheiro. Um cara durão, já viu, chorando? Vou ao banheiro lavar o rosto, ali o martelo. Na volta, ela de costas, dou o primeiro golpe na cabeça.

196

O repuxo rococó na Praça Osório é o mar, o grande mar de Curitiba.

197

Dou o primeiro golpe na cabeça. Ela cai. Professor de História da Arte e tudo, eu vou batendo. Três anos me fez de bobo. Fico muito tempo deitado com ela no tapete. Tiro a sua roupa. Depois eu tento, mas não consigo. Ai, o corpo tão magro e fofinho. Agora é minha vez, ô louco. Tudo acabado. Esquecer o que fiz, pô? Não posso arrancar você da cabeça. Eu te amava, sim. Dane-se o amor. Todo amor. Esse maldito amor.

198

— Sabe quem bateu às três da manhã na porta do meu quarto?

— Ai, amiga. Quem pode ser?

— O Senhor Jesus. Ele queria muito falar comigo.

— Essa, não. Logo o Senhor Jesus. E daí?

— Duas vezes me chamou pelo nome.

— Orra, não me diga. O que...

— Você abriu a porta? Nem eu. Já sei o que era. Só porque eu... Fiquei bem quieta. E não quis falar com ele.

199

— *Sou judia e bem que rezo para Nossa Senhora. Só ela entende as minhas fraquezas de mulher escrava do pecado.*

200

Primeiro o anúncio que se teu pai foi bebedor social você não escapa dos alcoólicos anônimos.

Se acaso em menino você andou de bicicleta será sempre um ejaculador precoce.

Agora essa que o maioral da igreja é uma rainha no baile de travestis.

Toda a culpa? Do teu anjo da guarda. Só voa, o desgracido, com pico na veia.

201

— Três vezes fui desenganada pelos médicos. Reumatismo no sangue. Falsa gravidez. Doença incurável dos nervos. O doutor João me disse: "Só a morte resolve o seu caso."

202

Passeio Público. Entre o atentado ao pudor e o bom e velho estupro, o maníaco sexual ataca um pacote de pipocas — o mindinho galantemente em riste.

203

— Ai, vergonhosa de falar. Eu fui da macumbaria, dos bailões, do garrafão de vinho. No sábado chegava bêbada e drogada. Arrastando a mão na parede, caía vestida na cama. Temor a Deus não tinha. Só de meu pai, orra. Doidão, o cara. No baile eu sempre com três panacas e nenhum na saída. O meu copo de pinga, ai de quem pegasse. E não bebia o dos outros? Roubava o gostosão das meninas, que ninguém tomasse o meu. Uma casca grossa, o meu coração. Eu, uma triste pessoinha. Essa tua coisinha-à-toa. E você diria, pô? Querida aos olhos do Senhor. Deus lá do céu tinha um plano para mim.

204

Durante quarenta anos, a cada sua tentativa dissimulada:

— Seja ridículo, velho — era a mulher contenciosa e iracunda. — Bigode? Não tem o que fazer?

Até que ela morreu. Contrariada de ir primeiro. Dias depois, os amigos dele já reparavam no bigodão em flor. Grisalho porém viçoso. Tudo o que fazer.

205

— *Hoje é o dia. Aqui a lista dos sete nomes. Estão com as horas contadas. De hoje eles não escapam. Vou sair matando um por um. O sétimo sou eu.*

206

Eis a porta que se fecha às suas costas. Pronto a velhinha desata o cinto e abre o vestido: "Você quer, meu bem?" Como pode tão depressa livrar colchetes e botões? Entre o sutiã e a calcinha, a mole barriga-d'água: "Que tal, docinho? É tudo teu!" Bem pequena, a boca murcha e vermelha — o grande olho saltado de sapo debaixo da pedra. Você ouve risos atrás da porta e se abotoa: "Que é isso, dona Maria? A senhora está bem? Na sala já deram pela sua falta." Ela se compõe. Na pontinha do pé, te alcança o gogó num beijo suspiroso: "Ai, bonitão ingrato." E sorrindinho sai pela porta do sonho.

207

— *Falar com você, querida, é discutir para sempre.*

208

Esse mesmo cãozinho tonto aos saltos e latidos perseguindo a negra sombra de uma borboleta branca.

209

*Em vez de palmas, pancadas fortes no portão de
ferro. Quem bate? Com o que: pau, prego, vidro, pedra?
Tanto insiste, vou atender. Ora, um vagabundo agita
no ar a mão fechada. Antes que peça um trocadinho:*
— Hoje não tem.

*Sair dos meus cuidados por tão pouco. Em resposta, ele ergue na mão direita a manga vazia do outro
braço. Neste instante, sou iluminado: o som de uma
só mão que bate palmas.*

210

Haicai — a ejaculação precoce de uma corruíra
nanica.

211

De volta da feira, carregada de sacolas. Ou de xale à cabeça e missal na mão. Ou com a pasta de papéis para despachar.

— São horas, hein, sua cadela? Qual foi o bordel do dia?

— ...

— Quantas você deu hoje?

— ...

— Com quem fez programa? O nome do teu machão. Fala, desgracida. Ou eu...

Um santo homem. Uma santíssima senhora. Assim ele consegue ainda se excitar.

212

— Já sei por que o meu casamento não deu certo. De prato especial para os noivos o pai serviu logo rã. Já pensou? Coxa de rã-touro gigante. No espeto. Só podia ser desastroso.

[114]

213

O pai, cabecinha branca e trêmula:

— Sim, meu filho. Almocei bem. Arroz com... qual é? esse bichinho...

— Arroz com formiga?

— Não, não.

— Arroz com gafanhoto?

— Não.

— Arroz com mosca?

— Não.

— Ah, então deve ser camarão frito.

— É, sim. Isso mesmo.

214

— Bêbado, ele me bate sem dó. Fica doidão, quer fazer de tudo. Se resisto, apanho mais ainda. Ai, meu Jesusinho. Então abro as pernas. Uma vela oferecida para as almas do purgatório.

215

— *Chegue, meu velho. Desculpe a boquinha torta. Dente só uso fora de casa.*

216

De costas na prancha, ao suave balanço da onda, mãos cruzadas no peito. De repente — o quê? — se mexe na lisa barriguinha: "Ei, você." Bicha, seria? Epa, dois e três toques, mais fortes: "Estou aqui." E se fosse... Essa, não. Orra, com você, não. Acha que nunca te acontece. Os jovens surfistas sempre por ali, as famosas ondas da praia grande. O pai lhes aluga quartinhos, uma cortina de plástico no lugar da porta. A prancha, lembrança de um deles. A quantos serviu ela de prancha: deitada, de joelho, em pé? Qual deles podia ser?

217

Dá uivos, ó Rua 15. Berra, ó Ponte Preta. Uma espiga de milho debulhada é Curitiba: sabugo estéril.

218

Qual deles podia ser? Inventa uma história para o velho. De barco e de ônibus chega à cidade. Com uma amiga, vai ao médico: de seis meses, já pensou? Nada conta ao pai. Inverno, sempre no vestido comprido e folgado. Uma noite começam as dores. Não têm luz no barraco. O velho, birrento e sovina: "Vivi até hoje sem. Pra que agora?" A princípio ela abafa a queixa, morde o lençol. Depois geme alto, aos gritos. O pai, no outro quartinho, acha que são as cólicas. Deitado, não se mexe. Os brados cada vez mais fortes. O pobre rezando para o santinho sobre a cômoda. Não é que, sozinha no escuro, ela dá à luz?

219

Escolhe as palavras no cuidado de quem, ao morder, sente um espinho na doçura do peixe.

220

Sozinha no escuro, ela dá à luz. Ergue no braço esquerdo a massa molhada e mole. E na mão direita uma vela. Se arrasta pela casa à procura da tesoura. Não acha. Vasculha gaveta, nada. Aí, derrubou a tadinha, solta o primeiro vagido. O pai certo que lá fora a gritaria dos gatos. Ela vai até a porta: "Pai, cadê a tesoura?" O velhinho, surdo. "Pai, o que acha de ser avô? Cê tem uma netinha, pai." Só podia ser sonho. Ele não piou.

221

— Dou com um perneta na rua e, ai de mim, pronto começo a manquitolar.

222

Ele não piou. Ela insiste: "Cê tá aí? Vem ver, pai." Ele pula e vê. Já afiando a tesoura na pedra do terreiro. Lembra que carece desinfetar. A lâmina sobre a vela não para quieta. Um só golpe no cordão. Que ela enrole a criança no cobertor. Enfim desperto. Pega o balde, lava o sangue no chão. Ferve água. Bule de café para os dois. Nem uma pergunta. "Um filho", todo risonho, "é a alegria da casa."

223

Em busca da palavra certa? Fácil, meu chapa. Siga o fio furtivo da pulga que costura o pelo negro do cachorro.

224

Ela diz que tem naquela noite uma reunião de trabalho. Desconfiado, vou até lá. Do meu carro quem vejo ali com o chefão, rindo e mão dada? Os dois sobem no carro dele. Entro no bar da esquina e bebo alguns chopes. Só penso no meu bem. Em vinte anos, ai, não, o único amor.

Três horas depois eles voltam. Vou ao seu encontro. Quero falar só com ela e pego pelo braço. Não chamo pelo nome, só de bem. "Agora, bem, me diz o que há." Ele se põe na minha frente. Ah, nunca vou esquecer: "Cala a boca, certo? Não faz escândalo."

225

Zizia a cigarra ou um caco de vidro cintila ao sol?

226

Me viro para ele: "Com você, não falo. Se fez de meu amigo. Foi ao aniversário de minhas filhas. Não passa de um canalha." Daí sacode no meu rosto o anelão vermelho do dedo: "Você tem sido um babaca, certo? Um grande cornudo. A tua mulher, sacou? É muito minha."

Um empurrão no peito quase me derruba. Daí eu atiro, certo? Duas vezes ele roda no mesmo lugar. Continuo atirando, sacou? E vai de cara no chão molhado. Jogo fora a arma e lhe dou as costas. O bem atrás de mim, aos gritos: "Louco, louco. Que vai ser de tuas filhas?"

227

As folhas da laranjeira batem asas numa gritaria.
Pardais.

228

Eu? Nove lances, eu? É mentira da moçada. Uma delas grávida? O que eu tenho são três assinados. Não sei dizer, não. Sempre que estou na rua, eu bebo. Um bagulho aí. Conhaque. Puxo um baseado, certo? Mais umas cervejas. Umas caipirinhas, tudo misturado. Aí fico meio doidão. Nada pra fazer. Já fui servente e saí, ganhava pouco. Na batalha de outro e tal. Aí não arrumei. Pra casa da mãe eu não vou. Muito mordida, essa bruxa. Não sabe se cuida de tanto filho. Eu fico zoando.

229

O vento desfia sobre os telhados a cabeleira branca da chuva.

230

Orra vida, não tenho mais aonde ir. Que neguinha me quer? Então fico na rua e tal. E fico zoando. Estou pra tudo. Pra morrer, pra matar. Certo? Muita deu sorte que não morreu. Um dia falei pra uma irmã: "Fiz umas artes aí e tal." "Você fez, pô?", ela disse. "Que se dane, pô." Mulher não tem pena. Tá ligadão? Mata o babaca de pouquinho. Mata quanta vez ela pode.

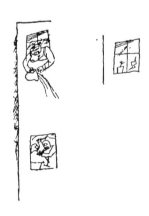

231

Escreva primeiro, arrependa-se depois — e você sempre se arrepende.

232

Da minha vida não sei. O que será e tal. Periga pintar cadeia? Serve de exemplo pra mim. Ou de maior maldade. É o que vier. Aí um cara faz o mesmo? Garra uma de minha irmã, usou ela? No dia que eu encaro o tipo, fatal. Não falo pra ninguém, não. Vou e mato bem morto. Certo? Aí volto pra rua e tal. E fico zoando. Uma moça? Foi, sim. Teve essa fita. Andando num caminho sem gente, trombei com ela. Muito pirado. Aí, aconteceu. Se estava de barriga? Não fiquei lá pra saber.

233

O conto não tem mais fim que novo começo.

234

Essa outra me conheceu? Acho que tem esse lance. Eu ia passando na estrada, ela vinha vindo. Pedi horas pra ela. Comecei a trocar uma ideia e tal. Feliz Natal, eu disse. Aí ela viu a faca: "Tá limpo. Num quero que me mata. Num quero é morrer." Eu usei ela. Fiquei com ela e tal. Dentro dos conformes. Com uma de menor? Nadinha a ver. Eu peguei e saí fora. Raiva de ninguém, não. Neste mundo não tem amigo. Você tem de zoar mesmo. Estou pra tudo. Um fumo aí. Mais um bagulho. E umas. E outras. Aí fico meio doidão. Lá vem uma dona e tal. Trocar uma ideia. Feliz Natal. Tá limpo?

Este livro foi composto na tipologia Minion Pro
Regular, em corpo 13/19, e impresso em papel
off-set $90g/m^2$ no Sistema Digital Instant Duplex
da Divisão Gráfica da Distribuidora Record.